L'étoffe du ciel

L'étoffe du ciel

Christelle Viéville Vadrot

L'étoffe du ciel

© 2021 Christelle Vieville Vadrot

Édition : BoD – Books on Demand
12/14 rond-point des Champs-Élysées, 75008 Paris
Impression : BoD - Books on Demand, Norderstedt, Allemagne

Illustrations : Jean Marc Vadrot
Couverture: Christelle Vieville Vadrot

ISBN : 9782322201044
Dépôt légal : Juin 2021

Les Carceri

C'eût été un long pèlerinage sur des chemins de terre si la modernité n'avait adouci l'ascension par une route goudronnée.

Arrivée en haut, la nature est magnifique. François est toujours là, sur les chemins et dans les bois.

Surplombant les cîmes ou au fond d'un gouffre de végétation, un trou profond puis une petite surface plate au coeur d'un relief abrupte, un nid de végétation gardé par de longs arbres aux troncs dénudés, un cocon de verdure pour François et ses frères aux ailes déployées, pour les forts sangliers fouinant le sol, les petits rampant dans un bruissement de feuilles.

Un peu plus haut dans la montagne, il y a une grotte, l'Homme s'y installe pour parler à Dieu, pour dormir en Dieu, aimer au ventre de Dieu.

Etre en Dieu et le porter en soi; louer le Seigneur pour toute la création, louer le Seigneur pour l' univers et les forêts, les bêtes et bestioles, louer le Seigneur pour l'Homme, création et signe.

Louer le Seigneur pour la vie qui se déploie dans l'amour et vainc toutes les résistances.

François est là, sa robe de bure usée et trouée aperçue entre les troncs à la couleur du tissu.

Il s'arrête devant un arbre et tous les oiseaux sont posés dans un pepiement assourdissant, les ailes s'agitent dans un battement court et c'est un chatoiement dans le feuillage agité.

C'est le grand bonheur de François, chaque jour ils reviennent pour entendre l'homme leur parler de Dieu.
Ce moment d'amour est resté figé dans la poudre de marbre à Assise, une fresque saisissante de réalisme; quelques décennies plus tôt et nous n'aurions eu qu'une idée d'arbre, Giotto observe et nous livre des détails, une espèce végétale reconnaissable.
Hier une fresque et aujourd'hui un arbre, au détour du chemin, soutenu par une barre de fer horizontale pour l'empêcher de rompre, c'est lui, l'arbre aux oiseaux, un chêne fendu par le temps.
Le prêche aux oiseaux, un élan de gratitude et d'amour.
Venir aux Carceri , rendre grâce et se sentir aimé comme jamais.

Assise

Dans la basilique inférieure d'Assise, une Maesta avec Saint François d'Assise.
Ils sont doux les anges au visage d'or, au regard d'amour, leurs ailes aux couleurs de feu.
Au milieu d'entre eux trône la mère céleste, l'enfant Roi du ciel posé sur ses genoux.
L'ange au visage nimbé s'incline pour nous mener vers l'homme, là, sur la droite du tableau, François, légèrement en retrait, les pieds posés sur le sol, la plaie au côté sous le vêtement usé.
L'habit de l'homme frôle l'aile de l'ange. François côtoie les êtres du ciel.
Est-ce vraiment son visage ? Le regard doux est immense et la bouche charnue, de ceux qui aiment la vie et embrassent le monde.
Il faut monter au sommet d'Assise pour voir le véritable portrait de François, regarder loin les forêts

dans la brûme, monter jusqu'à Greccio, tout ici prend le visage de François.
Tout ici est souffle de Dieu, ce souffle avec lequel François communie.
Encore saisissante est la nature à La Verna, où François à bout d'amour et de souffrance, au milieu des gouffres, au sommet d'empilements de rochers, reçut les stigmates, ultime signe d'amour du fils de l'Homme.
Perché là haut, François , suspendu entre terre et ciel, une incarnation qui n'en est plus une, une incarnation qui tient à un fil.

Greccio

La campagne prend des couleurs délavées, Assise par Claude Le Lorrain, eut-ce été possible ?
Monter à l'ermitage, embrasser les forêts de Fonte Colombo, se hisser entre les blocs de roche, rester contre la paroi, là, au creux du monde, avec François.
Puis vivre le passage, au contact de la pierre, une pierre touchée, aimée, embrassée peut-être dans son amour fou de la création.
Les grands arbres, les collines, les monts aux crêtes adoucies, le chevreuil aperçu dans sa fuite, tous aimés, les oiseaux à jamais en prière.
A Fonte Colombo comme à Greccio François est un homme ; qui souffre dans sa chair, qui donne son corps et ses blessures, offre sa souffrance à celui qu'il aime, un roi qui a posé sa main sur lui pour ne jamais l'ôter.

François est venu au monde pour marcher avec Dieu. Une vie pour prendre l'enfant dans ses bras, un soir de Noël à Greccio.

La Verna.

Comment ne pas pleurer, à La Verna ? La souffrance est dans les pierres foulées au sol, dans la roche qui vous entoure.
Arrivée joyeuse puis soufflée par une tristesse insoutenable ; marcher jusqu'à la grande croix, au bord du vide , embrasser les monts et les forêts.
Toutes les douleurs humaines sont ici. Toutes les peines inconsolables, prises par François ; l'effroi, la maladie qui ronge en sourdine, la faim qui rend assassin, la vue qui baisse puis se perd, les gémissements de putrilessence du lépreux, François les prend sur lui et dans son corps, le chemin de vie est à ce prix.

Etre dur, François, comme la roche sur laquelle tu dors, être fort pour prendre tout cela, accueillir toutes les douleurs...
Puis devenir léger comme la cîme de l'arbre presque

détachée, balancée au souffle du vent.
Monter l'escalier creusé dans la roche, contourner le rocher, marcher au bord du gouffre, l'ascension est vertigineuse, la tristesse s'évanouit, la paix prend la place, la montée des marches est joyeuse, le bonheur est là ; puis une chapelle; au sol , creusé dans la pierre un carré de verre où tu reçus les stigmates ; comprendre, enfin, la vraie joie de François !

Marcheurs

La campagne est blanche, la terre s'est retirée, le bruit du monde aussi, pour laisser la place aux anges ; en hiver ils descendent tout près des hommes ; c'est là qu'ils en ont le plus besoin, les hommes aux pieds gelés, au regard de mort.
Ils ont les restes du monde, ils tutoient les anges et parfois maudissent Dieu. Ils sont là, ceux qu'il faut relever, avec la force de l'âme quand on a pas de bras, l'ange n'a que l'amour pour vous soulever, il vous tourne autour, pénètre à l'intérieur pour vous toucher, vous porter.
Suivre l'invisible amour, avancer sans nos yeux restés aux limites du monde, c'est comme une promenade, un matin nouveau, dans la blancheur du pré enneigé, mettre ses pas dans les traces d'un autre sans savoir où le chemin pointillé nous mène.
Le Seigneur accompagne le marcheur aux yeux fermés.

Poussières

J'aime être avec Dieu. Je déplore ces moments donnés au monde, tout un temps sans lui et ses bras de verdure, de souffle du vent, de prairie humide, lui et ses membres ruisseaux, sa voix clapotis ; nos rendez-vous sont clandestins, je me languis de l'avoir à moi, de nos retrouvailles, comme on se languit d'un amour. Tout au long de la journée je l'attends.
Le monde me happe, mon Dieu me manque, mon corps machine exécute ses labeurs, sacrifié aux aiguilles des pendules. Ne m'aime-t-il pas aussi pour cela ? Pour ces services d'amour quand ils m'éloignent de lui en m'y plongeant tout-à fait ?
La générosité de mon Dieu est sans réserve, il me donne. Il me donne l'air frais d'un automne et les lacs de blé mûrs au soleil , les entrelacs électriques des pattes de sauterelles aux prises avec les herbes qui s'abaissent et s'enroulent, il me donne une poulette posée sur mes genoux me laissant îvre de la douceur

de ses plumes sous mes doigts.
Combien m'en offrira -t-il encore de ces regards curieux et inquiets d'animaux qui vous laissent le cœur fondant comme le sucre sous la pluie, des poussières d'étoiles sorties du ventre d'un Dieu innocent de lui-même.
Quelle joie de compter parmi ces poussières , ni plus, ni moins.

Alghéro

Alghéro. Une ville qui en rappelle une autre.
Une tour aragonaise fend fièrement le ciel, un champignon de pierre se hisse du fouillis végétal trop bas pour masquer les collines endormies dans la brûme.
Ces monts traînent une mélancolie, avant la rudesse des terres intérieures.
Le clocher de la mussolinienne Fertilia couvre de son tintement le cri suppliant des mouettes au-dessus de la lagune.
Les branches se balancent sous le vent chaud de Sardaigne.
Des arbres secs, desséchés , luttent pour garder un semblant de vie, nourrissant quelques grappes de feuilles au sommet squelettique.
Alghero est une fille facile qui se donne aux quatre coins du monde. Alghéro plus catalane que sarde, abrite en son sein la chiesa di San Francesco, plantée entre une mer ouvrant sur les cieux et les forêts de pins bordant les champs d'oliviers.

Les frères des oiseaux, les amis du Poverello ont élu leur lieu, ici, avec au loin les bateaux au mouillage, les remparts, la plage.

Frères des poissons, glissant dans notre sœur eau, frères des bêtes fuyant dans le maquis, frères des hommes appuyés sur la roche mordorée, frères, entre terre et mer.

« Qui aime sa vie la perd » Jean

Prier, s'arracher du monde pour rejoindre Dieu.
Ce mouvement à la source du seul grand voyage reste imperceptible, le souffle de Dieu se tient là, dans cet espace infime, aux limites et déjà hors du monde.
C'est dans cet espace plus mince que le chat d'une aiguille qu'il nous accueille.
Chaque pas loin de soi nous rapproche de Dieu, nous sort de l'enfermement du vivre au monde et nous permet d'entrer dans une vie agissante.

Prier c'est casser la vitre de la maison où l'on est emmuré et laisser surgir tous les possibles.
Dans cette scission, cette mise à distance avec soi-même, se tient l'Homme créateur, à l'image du Père .
Connaître Dieu est un renoncement avant de vivre un déploiement de l'être, une vie vivante.

La notion de souffrance reste attachée à la foi car elle est, telle la maladie, une mise à distance avec soi-même, une rupture au cœur de l'habitude et nous donne accès ou nous replace en Dieu.

La maladie comme symptôme de la violence du monde ancré dans la chair, de nos dérèglements, notre déni de l'unité de tout ce qui est, mais aussi tremplin pour s'en écarter, sortir de l'aveuglement et devenir un Homme en Vérité.

« Où aller loin de ton souffle ?
Où m'enfuir loin de ta face ? »   Psaume 138

Il existe, au-delà de la servitude au temps et à l'espace, une capacité humaine à se lier au souffle divin, tout vit et tout palpite, tout est œuvre et beauté, plénitude absolue.

Nul être en dehors de Lui.
Etre c'est se placer en lui et le porter en soi, le temps et sa fraction réduits à l'instant éternel.

Nous sommes dans cette unique création accomplie d'un seul jet et dénuée de temporalité, dans l'instant éternel.

Dieu ne m'est pas extérieur, je suis son souffle, je fais sa très Sainte volonté de part mon essence divine ; ces vibrations qui me lient à la conscience cosmique me poussent à l'accomplissement de ce qu'Il est, et de toute éternité.

Son amour et son désir engendrent toute chose, ma coupe est débordante.

Nous avons une responsabilité, renvoyer cette énergie d'amour, nous placer dans cet éternel amour et l'alimenter, quoiqu'il arrive, Il sera vainqueur et cette victoire est la Vie

Notre demeure

Peyrhaute ne dit rien à ceux auxquels je la nomme, Peyrhaute étend ses bras verdoyants aux pieds des Monts du Forez.
Le pré est une marée verte qui ondule et balance son écume de fleurs jaunes aux flancs des rochers.
Dans cette mer immense, des espèces émergent, ingrates, blessantes ; les mauvaises herbes sont à éviter ou à supprimer.
 Ces vies impures le Créateur ne les connaît pas, là où Il donne Harmonie, Perfection et Unité dans son éternelle essence, l'Homme dans un demi sommeil, perçoit le laid, établit des comparaisons, tranche et divise. La chute originelle et perpétuelle se tient là, dans cette rupture avec la Beauté éternelle, dans ce manque de conviction de l'Unité, de notre essence divine, nous sommes Beauté et perfection, tous ensemble, il suffit à l'Homme de s'abandonner dans cette foi inébranlable et se laisser porter à la source

originelle.

Il n'y a plus ,dans mon pré, d'herbes douces et de feuilles blessantes, la piqûre au pieds n'est plus synonyme d'arrachement mais réjouissement, émerveillement devant la couleur qui participe à la modulation du champ tout entier ; leurs épines sont le signe du Créateur et du lien qui nous unie .

Celle que l'on nomme mauvaise herbe nous rend plus proche de Dieu, nous demande un effort, elle est d'un émerveillement moins facile que le bouton d'or qui appelle, chaque mauvaise herbe est une prière.

La vraie joie.

La joie, la désolation, sur cette colline les deux se rencontrent. Elle porte de grands arbres mornes dépouillés, ce sont des fantômes épris de remords.
Au milieu de la masse de squelettes sombres formant une dentelle imparfaite s'élève la vraie joie, telle qu'elle eût plu à Saint François, un tronc portant une coiffe ronde et dense comme une chevelure africaine, cette tendresse verte posée là comme un mirage au bord des ténèbres.
Le dôme éclatant finira en poussière, disséminé dans les airs et de son tronc jaillira la lumière.
Nos yeux ne peuvent-ils voir la splendeur éternelle et le mystère du ressucité !

Un seul corps

Un seul corps, trois mots me font vibrer, d'admiration puis d'ignorance, avant d'entrer en résonance avec la chair du monde, l'étoffe du ciel dont je suis faite à l'identique.
    Un seul corps, je frémis devant le gigantisme de l'assemblement de tous les membres; franchir les limites du corps propre, le mien , celui de l'autre, être de plumes et d'écailles, de pierre et de bois, aller plus en avant, être le guépard mais aussi sa course, corps étendu, qui s' expanse au cosmos par la conscience qui englobe tout, corps aussi grand que ce qu'il perçoit.
    Dieu est une alliance, il m'appelle par des tensions intérieures car il ne me veut pas ancrée dans des douleurs anciennes, il me veut dépassant mon être pour accomplir son dessein dans la pleine réalisation de ce que je suis.
    La voilà l'Arche d'alliance, l'alliance d'amour, le corps vit et vibre au rythme du cosmos, loin du néant, de ce

vide dont on nous parle, des histoires et des peurs de solitude.

François pour la première fois.

Les touristes se pressent comme autant d'oiseaux aux pieds du Poverello. Une fresque à Assise, une fenêtre sur le ciel, la plaine d'Ombrie s'envole.
Des petits, des sans importance se présentent à Saint François. Giotto pose ses bleus, ses ocres et des battements d'ailes murmurent à nos oreilles, des oiseaux presque effacés portent l'invisible, le bleu irradie l'espace et absorbe les oiseaux, ils ne sont plus d'ici.
Les mains de celui qui embrasse les lépreux me retiennent, elles sont le signe d'un nouveau monde, me portent vers des contrées baignées de lumière. Dans la basilique sombre, les éclats de couleur amorcent une lutte pour vaincre la nuit, la cité blanche glisse dans un sommeil bercé par les chants de grâce.
François est là, avec moi, je sais seulement son nom et puis rien. Personne ne m'a raconté François, ses écrits, ses prières, son amour pour toi Marie, ses vies,

une première vie baignée de richesses matérielles juste avant de franchir l'enceinte de la ville et regarder de l'autre côté, passer la muraille et s'avancer dans la foule, ses pas accompagnant ceux des plus petits.

Qui, mieux que mon cœur aurait pu me conter cela ? Les paroles eurent abîmé la justesse de notre dialogue. La rencontre ne peut se dire sans amputation, sans rupture, le verbe est tû et s'installe dans l'éternité. Je suis avec lui, peut-être que je l'ai toujours été, François m'accompagne en toute discrétion , dans l'amour agissant, saisie par la beauté d'un pelage ou un feuillage automnale.

Les bêtes et bestioles chassent l'ennui pour y placer une étincelle de joie, un diamant qui éclaire ma nuit. Ce n'est pas encore la joie sans retenue, l'abandon total dans la paix du Christ, mais l'amorce d'un feu qui s'étendra au souffle de Dieu un jour prochain.

Je ne sais rien encore de cet amour fou qui inonde le corps et l'âme, ce torrent d'eau vive qui jaillit, s'écoule de mains en mains pour ne jamais s'épuiser.

Avant toi

　Avant toi, Marie, la vie est une tragédie, les existences se déroulent dans le ruban de leurs drames, les jours ne révèlent pas encore leur beauté. Les chemins de l'adolescence sont tortueux , on s'y enlise.
La peur s'étend, s'expanse ; la joie, étouffée, fait surface à la vue d'un paysage sauvage, d'un arbre fort planté au milieu d'un pré ; François parle déjà à mon âme. L'énergie qui unie mes frères m'appelle et emprunte la voie du silence. Le langage est puissant, les sons se passent de syllabes ; la langue ne ment pas ; un bruissement de feuilles est une lettre, l'eau qui glisse de pierre en pierre est la suivante. Ce langage me plait plus sûrement que les paroles, il est vrai et sans détour, s'adresse au cœur bien avant l'esprit. François m'accompagne mais je ne le sais pas. La pierre brute me sort de ma léthargie, la colline s'enflamme au soleil rasant et me garde en vie, loin des tourments et des rêves de mort.

Marie

Août 2009, Lourdes, une fourmilière. Je suis venue avec curiosité mais sans conviction, Marie n'a pas de place dans ma foi.

Nous sommes des milliers , nous formons des rangs convergents vers la grotte; pour ceux qui ne voient qu'avec leurs yeux de chair, il y a la pierre, et puis c'est tout. Pour les autres la grotte est un soleil dont les rangs de fidèles sont les rayons.

L'attente me semble interminable, je n'ai pas de patience et peu d'énergie, je ne sais pas alors que le don ressource, éloigne la fatigue.

Je décide de partir imaginant revenir un jour...

Une grande dame s'approche avec beaucoup de douceur, elle me demande de la suivre et me fait remonter la file, passer devant les personnes en attente depuis si longtemps, je refuse un moment mais elle insiste gentiment et me mène devant la grotte, à la première place. Je suis envahie de gêne de ce que j'estime être de mauvaises manières, on me fait des reproches, mon guide se querelle, il lui semble essentiel que je conserve ma place, suis-je si importante à ses yeux parmi ces milliers de personnes venues adorer Marie? Je rebrousse chemin mais la paume de sa main dans le haut de mon dos me pousse délicatement vers l'entrée de la grotte. Comme les autres avant moi, je frôle la paroi rocheuse et pose ma main sur la pierre froide et rugueuse. Quelque chose me prend, quelque chose m'entoure, descend sur moi, passe par ma tête, puis la poitrine, touche mon cœur, c'est doux, c'est bon, c'est de l'amour, un puissant amour inconnu du monde, un amour de mère penché au dessus du berceau, un amour de mère qui m'enveloppe, me prend dans ses bras, me regarde tout près. Je suis dans un bien-être absolu, un état de plénitude inconnu, rester dans cet état, rester toute la vie ici. Et puis elle prend, d'abord la peine, elle la prend par les larmes, tandis que je sanglote dans ses bras de mère, elle me demande de déposer la rancune et la colère.

Loin des doutes et des questionnements, mon âme est restée là bas dans une petite grotte sur la rive d'une

eau au courant pressé et rageur.
Miraculée de Lourdes, j'ai rencontré Marie et sa grâce infinie.

Délivrance

François m'accompagne dans mes promenades, au bord de l'étang, méandres jadis liquides devenus marbre, la danse fluide est silence, tremblements devenus pierre sous la croûte glacée : l'hiver est là.
A quel instant la vague s'est-elle tue, marée stoppée dans son mouvement ; il reste le signe du passage, ligne blanche qui ondule , puis se répète, les vagues surprises , figées attendent la délivrance.
Les arbres élancent leurs silhouettes vers le ciel, semblables à des corps. Rien n'est en dehors, rien n'est à côté. Le péché est cette nature mise à distance, abîmée, comme étrangère au monde.
Qui mieux que toi, mon doux François, aurait pu la magnifier au travers des mots et des paroles données aux oiseaux, un seul corps, nous sommes un seul corps.

La vie

   Je préfère ne pas y penser, ça va me briser le cœur, ça va m'inonder de pleurs. Lui sur la croix, son regard, quelle tristesse ; quel crève cœur sa douleur.
Il est tous ceux qui nous ont quittés, partis sur le fleuve, sur les eaux tranquilles, immobiles, mais avant...avant, quel crève cœur !
Je cherche son visage lumière, son corps amour dans le monde ; voir des films, en exhumer des traces de son visage, imaginer l'enfant avant l'homme, le petit attendu comme un roi, comme un puissant, ensommeillé dans une mangeoire. Ses paupières closes et ses rêves d'enfant me font revivre, je vois l'âne et son souffle chaud, le bœuf et la paille qu'il piétine, la joie qui rejaillit et c'est la VIE.

Merci

Le vétérinaire a offert un stétoscope, Jeanne écoute le cœur du monde, attrape le chien, lui plaque l'objet sur la fourrure et lui vole sa musique.
Nos cœurs sont les notes d'une musique commune jaillissant d'une source à laquelle elles retournent, épousant en chemin le fracas des torrents ou le souffle d'air chaud, les vibrations d'ailes du bourdon, le saut du poisson dans l'étang, l'écorce qui craque ; le cœur des animaux bat à l'unisson avec le cœur des hommes et celui des forêts, la voix de ceux qui nous ont quittés continuent de nous appeler, croire que cette harmonie sonore aboutirait au silence des abysses serait pure folie.
Dans chaque cœur qui bat se tient le cœur de Dieu.
Deux coeurs qui s'aiment inventent un chemin, d'autres artères appelées à irriguer la source d'Amour qui nous inonde en retour.
Dieu est invisible, il est l'Amour, Dieu prend tous les visages, Il est le vivant.

Tout ce qui frémit et palpite porte son nom.
Ceux qui n'ont pas mon langage m'appellent à rendre grâce, ceux qui n'ont pas de voix me portent à dire Merci.

Bourreaux

Leur face est terreur, leur face est néant ;
Déjà perdue l'image des bourreaux se pensant vivants quand ils dispensent la mort et leur fiel.
Leur âme est prise, leurs deux pieds dans les filets.
Ils sont une scène vivante des figures de pierre aux portes des églises, ils sont les démons grimaçants au tympan de Conques.
Dans leur besace la souffrance et la peur à distribuer , les bêtes dont ils ne sont plus gardiens, les fourrures d'où émergent les pauvres têtes massacrées, les regards exhorbités, fixés sur le dernier instant, des machines vivantes attachées dans les hangars, de la naissance à la mort ne verront ni l'herbe ni le ciel, des espèces disparues à jamais.

A eux la richesse dans un monde éclairé à la lueur d'un nouveau dieu ; le Seigneur chassera leur image comme un mauvais rêve.

Bonjour

Dieu m'accompagne au quotidien.
Au petit déjeuner les enfants touillent leurs céréales et me parlent avec leurs petites voix, leurs gestes de pas encore grands, ils me racontent leur nuit, je les écoute dans mon innocence, cette innocence de l'instant, je suis dans le bonheur d'ignorer tout de nos lendemains, je savoure ma joie d'être là, dans ces minutes suspendues par mon amour briseur de pendules.
Tous ces frolements d'amour! ces explosions de joie au petit matin! Jeanne et Andreas sur mon lit, lit radeau, lit navire qui nous porte vers des rivages, dans l'amour des bonjours, des petites mains posées sur la joue, des yeux grands ouverts qui fixent, se noient, stupéfaits ; quelle force ce silence des sentiments, quelle puissance pour se glisser dans l'autre.
Silence et souffle coupé ! Juste avant les claquements de baisers au visage, bruyants, violents comme l'orage. Pour mes petits, l'amour c'est la guerre, à coups de peluche éléphant claquée sur la tête, de pattes

d'autruches douces qui se tordent. Voici, Seigneur, ta première caresse des matins.

Un paradis.

Je descends le chemin de pierre qui ondule et serpente jusqu'à la rivière; juste avant un prunier déraciné, sur la gauche, une cabane au milieu des bambous, une tête dans l'encadrement d'une fenêtre sans vitre, des yeux plus flamboyants que le soleil de ce jour, un soleil de quarante degrés pourtant; un avant goût du paradis bercé par les psaumes de verdure agitée par un mistral timide, psaumes des rapides galopants, crinière d'écume au vent, de ces psaumes qu'on trouve ici dans les gorges des rivières, ceux des oiseaux et des cigales bavardes.
Et la parole se fait chair.

Que de livres écrits sur toi, François, mais ta pensée se révèle plus sûrement dans le frémissement et l'or du jasmin de mon jardin, dans la fête du chien au retour de son maître, son sourire envahit tout son corps et voilà la Vraie Joie du petit frère d'Assise.

L'eau qui étanche la soif à jamais baigne les pages du livre ; la parole du Christ glisse dans le Jourdain et le fleuve recouvre les corps.

Je suis à la Faculté d'arts à Amiens, les thèmes d'étude et les œuvres portent sur la Bible ; il me faut ouvrir le Livre pour comprendre les personnages en couleur, voir le fil d'or tissé entre l'Ancien et le Nouveau Testament, saisir l'Arche d'alliance. Le livre ouvert n'en est plus un.

Le Christ n'était qu'une image, deux initiales sur une chronologie . Dans le Livre, le Dieu fait Homme s'adresse à mon âme, une parole vivante me pénètre :

« Toute montagne et toute colline seront abaissées
　　Les passages tortueux deviennent droit.
　　Les routes déformées seront aplanies
　　Et tout Homme verra le salut de Dieu »
　　　　　　　　　　　　　Psaume

Il me revient en mémoire une découverte archéologique annoncée par une présentatrice du journal télévisé.

Seize Juin 2011 : l'arche de Noé jaillit sur le Mont Ararat et le monde semble, durant les quelques minutes du flash télévisuel, secoué, s'éveillant d'une mortelle torpeur. Une lumière aveuglante s'est fixée sur le noir de leur prunelles, le signe lancé pour les assoiffés de ta vérité, ils ont gratté la terre pour trouver ton ciel, bien aimé Seigneur.

Fourmis qui datent au carbone 14 le Navire du Salut, présage de ton retour glorieux, Seigneur Christ.

Quelques morceaux émergent du sol et le monde chavire, devient caduque ; la réalité tangible s'évapore dans l'épaisse brûme aux couleurs de l'arche.

Nous attendons ton retour

J'ai oublié de m'aimer, dès lors comment aimer mes frères ? Comment aimer Dieu, laisser entrer en moi celui qui fût le premier à m'aimer avant qu'un seul de mes jours ne soit ?

Ce fût un moment entre le crépuscule et l'aube où il décida de m'instruire, au seizième jour du carême il m'en dit plus sur l'amour.

Dans un souffle nouveau et la vue recouvrée, il me fît voir l'être étonnant que je suis.

Avec Lui je regarde mon corps sous un jour nouveau, tout est parfait, mais aussi sous la peau, entre les veines, les organes sont un prodige.

Qu'il est savoureux l'anéantissement de la nudité qui répugne, des os trop saillants, des muscles mal façonnés, de la courbe imparfaite.

Mon corps est un Temple, une vasque qui déborde et je veux l'honorer tous les jours de ma vie.

Taizé, un vaisseau de bois dont l'amarage cède et l'encre s'allège quand les oiseaux en robe de bure entament leur chant céleste.

Ton départ

La plante est dans mon salon, ses larges feuilles flottent dans l'air, la poussière s'est déposée sur la surface verte au fil des semaines.
Dans ta maison, quand tout palpitait encore, ton corps faisait danser la poussière, ta vie faisait grandir la sienne. Il faut rendre l'appartement, je l'ai trouvée mourrante, la vie l'aurait fuie comme elle a quitté chaque parcelle de ton corps, tes petites mains inertes posées sur une serviette roulée, et les machines bruyantes qui veulent retenir la vie mais la vie n'a que faire de la douleur des hommes qui sont venus pour l'amour et la joie mais aussi pour connaître le Christ en croix, avant la résurrection au matin de Pâques.

Illustrations:

Photographies de Jean Marc Vadrot :

P.51: La Verna, rocher suspendu.
P.53: La Verna
P.55: L'arbre aux oiseaux de François
P.57: Le lit de François
P.59: Creux des rochers, nid de François
P.61:Christelle Viéville Vadrot. les autres. Huile sur bois. 160cm X 160cm
P.63: La Verna
P.65: Notre demeure

Contacter l'auteure : cvadrot@gmail.com

© 2021 Christelle Vieville Vadrot

Éditeur : BoD-Books on Demand
12-14 rond-point des Champs-Élysées, 75008 Paris
Impression : Books on Demand, Norderstedt, Allemagne

Illustrations : Jean Marc Vadrot

ISBN : 9782322201044
Dépôt légal : Juin 2021